一口袋的吻

这本蒲公英图画书属于：

_____

_____

图书在版编目（CIP）数据

一口袋的吻／（英）迈克奥里斯特 著；海拉德 绘；漆仰平 译.
一贵阳：贵州人民出版社，2007.7
（蒲公英图画书馆 一看再看系列）
ISBN 978-7-221-07745-5

Ⅰ.一… Ⅱ.①迈…②海…③漆… Ⅲ.图画故事－英国－现代 Ⅳ.I611.85

中国版本图书馆 CIP 数据核字（2007）第 077738 号

一口袋的吻　[英]安杰拉·迈克奥里斯特 著　[英]苏·海拉德 绘　漆仰平 译

出 版 人	曹维琼	电　话	010-85805785（编辑部）
策　划	远流经典文化	网　址	www.poogoyo.com
执行策划	颜小鹂　李奇峰	印　制	北京市雅迪彩色印刷有限公司（010-85381643-800）
责任编辑	苏 桦　静 博	版　次	2007年10月第一版
设计制作	曾　念	印　次	2012年3月第九次印刷
出　版	贵州出版集团公司 贵州人民出版社	成品尺寸	215mm×270mm　1/16
		印　张	12
地　址	贵阳市中华北路289号	定　价	72.00元（全6册）

一口袋的吻

[英] 安杰拉·迈克奥里斯特 文
[英] 苏·海拉德 图

贵州出版集团公司 ▪ 贵州人民出版社

迪比上学啦！

上学第一天，迪比就学会了和同学们排好队走进教室；学会了把大衣挂在衣钩上……当老师点名的时候，他要回答"到"。

这一天，迪比和同学们一起堆沙堡、唱歌谣，还给妈妈画了一幅画！

"在学校过得开心吗？"放学的路上，爸爸问。

"嗯！"迪比回答。

第二天一早，妈妈拉开窗帘。

"该起床去上学了。"

"不嘛，"迪比说，"我昨天已经去过了。"

"你还要去呀，"妈妈特别耐心地对迪比说，"你现在已经是个小学生了。"

"不要，我不是小学生，我是家里的小乖。我要和你待在家里。"迪比一边说着，一边钻到被子底下。

不过，迪比还是去上学了。

妈妈和迪比走在上学的路上，他们穿过这片树林才能到达学校。

"为什么不敢去上学呢？"妈妈问。

"我已经忘了在哪里排队了，也不记得要把大衣挂在哪里。"迪比说，"等老师叫到我名字的时候，我可能会听不见。"

"我会把你送到队列里啊。"妈妈对迪比说。

迪比低着头，难过地说："我想一整天都和你待在一起。"

"不行，妈妈不能那样做。"妈妈说。

　　当他们走到学校的时候，迪比站在大门口不动了。

　　"你要是不陪着我，我就不进去。"

　　妈妈抱了抱迪比，忽然间，想出了一个主意。她把双手捧起来，往里面吹了十几个吻，然后轻轻地把它们放进迪比的口袋里。

"当你害怕的时候，就从口袋里拿出一个吻，然后想象着妈妈就在你身边。"

迪比紧紧地拽着妈妈。

"哦，亲爱的……可别把它们压坏了！"妈妈说。

苏珊　拉尔夫　奥特莉　迪比

瓦尔热　杰森　伊瓦

马克

上课铃响了，所有的同学都排好队走进教室。
迪比这时还穿着大衣呢。

当老师点名字的时候，
迪比回答得又清晰又响亮。

要选小伙伴
做拍手游戏了，
他觉得很害羞。

　　迪比伸出一个手指头，轻轻地放进口袋里，然后把手指拿出来，压在脸上。他觉得好温暖，就像妈妈的吻。迪比笑了。

　　"你能做我的伙伴吗？"一个叫奥特莉的小女孩儿问。

　　"当然啦！"迪比回答。然后，两个小伙伴开始做游戏。

　　课间休息的时候，迪比坐在长椅上。其他同学都在那边兴高采烈地玩着，没有人过来邀请他。

迪比又从口袋里拿出了一个吻。
他想象着妈妈就在身边，
顿时勇敢了许多。
迪比站起来，
向前走去。

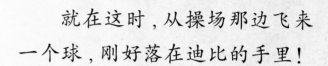

就在这时，从操场那边飞来
一个球，刚好落在迪比的手里！

"扔过来！"同学们
喊道，"快来一起玩儿！"

上课了。老师给同学们
读了一个故事，然后让大家
一起讨论。迪比很勇敢，还
举手回答了一个问题呢。

排队

我们需要吃

多种多样的
食物

能找出你
的包吗?

慢慢走，别跑！

　　不过，到了午饭时间，迪
比又遇到了一些麻烦。

　　"大家都把饭盒放在那张
桌子上，在这里排好队，然后
去小推车上领饮料。等所有
的同学全都坐好后，我们才可
以开饭。"老师说。

一滴菜汁溅到了迪比的眼睛里。他又害怕了。如果妈妈在身边就好了，她会告诉迪比该怎么做。迪比又从口袋里拿出一个吻，轻轻放在脸上，然后擦掉了菜汁。

"迪比，"老师说，"过来坐到我旁边。"然后他开始教迪比应该怎样做。

吃过午餐,到了游戏时间。

暖洋洋的太阳照耀着大地。同学们都没穿大衣,迪比也热得把大衣脱掉了。

有个男生把球传给迪比。很快,迪比就沉浸在游戏带来的喜悦中。

下午，老师让同学们轮流站在教室前面，给大家讲一讲自己家里的故事。迪比害怕站在同学们的前面。他偷偷溜出教室，去拿大衣。

迪比在操场上找到了自己的大衣。

可是，当他穿上大衣的时候，发现口袋竟然裂开了！他伸出手指穿过那个小洞。口袋好凉，而且是空的。

"妈妈的吻都掉出去了！"迪比气呼呼地说。他开始吸溜鼻子，就在这时，听见有人在呜呜地哭。是奥特莉。

"你为什么哭啊？"迪比擦干自己的眼泪，问奥特莉。

"我找不到饮水器，"奥特莉说，"又不敢去问别人。"

"我知道饮水器在哪里。"迪比说，"吃午饭的时候我见过。"

迪比带着奥特莉找到了饮水器。然后，两人一起走回教室。

"迪比，我能坐在你旁边吗？"奥特莉小声问。

"可以呀！"迪比边说边在身旁放了把椅子。

接下来的时间里，奥特莉坐在迪比旁边。迪比一直照顾她。

他还帮奥特莉削铅笔，

给她找来一个围裙，

为她讲解她不懂的功课。

一直到放学，迪比都把那一口袋吻的事忘在了脑后。

妈妈正在校门口等着迪比呢，她抱了抱迪比。

"我明天还能来吗？"迪比说，"我交了一个新朋友。"

"你用上那一口袋的吻了吗？"妈妈问。

迪比给妈妈看了看自己的口袋，皱着眉头说："它们都掉出去了。"

这时，奥特莉出现了，她穿着一件和迪比一模一样的大衣！

"你穿的是我的，"奥特莉边笑边说，"在上学的路上，我的口袋被自行车钩了一个小洞。"

于是，迪比和奥特莉都换上了自己的衣服。

"明天见！"两个好朋友互相道别。

晚上，迪比把书包挂在床头。

"我明天不用穿大衣了。"他打着哈欠说道。

"哦，好吧。"妈妈说着，又帮迪比盖好了被子，"不过，我希望我家的小学生还没长大到要拒绝妈妈的晚安吻。"

"我当然要妈妈的吻啦！"迪比开心地说，"永远都要！"